Kohala Kuamoʻo

Naeʻole's Race to Save a King

Kākau ʻia na / Author
Kekauleleanaeʻole Kawaiʻaeʻa

Kaha kiʻi ʻia na / Artist
Aaron Kawaiʻaeʻa

Moʻolelo na / Story
Walter and Luana Kawaiʻaeʻa

Unuhina na / Translation
Keoni Kelekolio

Ka Papa Hoʻopuka ʻo Kamehameha
Kamehameha Publishing
Honolulu

Dedicated to all aspiring young authors and artists of Hawaiʻi who have a moʻolelo to share so our ancestors may live forever …

We would like to acknowledge the following individuals who have inspired us to create this work: Chief Naeʻole, Chiefess Kahaʻōpūlani, the people of Kohala, George Nelson Pinehaka, Fred Cachola, Walter and Luana Kawaiʻaeʻa, Tish Hanakahi, "Uncle K" (Kahauanu Lake), our family, Aunty Lori, Aunty Ihi, Kahu, Hiwa, Uncle "Bubba," our little Leilani, Nihoa, ʻUmi, Anna Sumida and all of the Kamehameha Schools elementary teachers, Konti for his relentless encouragement, Kēhau Abad, Matthew Corry, Keola Akana, and Keoni Kelekolio of Kamehameha Publishing … mahalo nui for seeing the vision of this moʻolelo and bringing it to life.

— **Kekauleleanaeʻole Kawaiʻaeʻa and Aaron Kawaiʻaeʻa**

Ka Papa Hoʻopuka ʻo Kamehameha
Kamehameha Publishing
567 South King Street
Honolulu, Hawaiʻi 96813
www.kamehamehapublishing.org

ISBN 978-0-87336-232-0

Book Design by: Nomura Design
Printed by: Penmar Hawaiʻi Corporation
Production: Dongguan City, China
Date of Production: March 2011
Job Number: 11-6597-2

16 15 14 13 12 11   2 3 4 5 6

E ʻōlelo mai ana kaʻu kumu, "E nā haumāna, ʻo ka haʻawina o kēia lā, he noiʻi e pili ana i ko ʻoukou mau inoa. ʻŌlelo ʻia, he mea nui a waiwai ka inoa o ke kanaka."

"Okay class," said my homeroom teacher, "today's assignment is to learn about your inoa, or name. It has been said that the most prized possession of any Hawaiian is his inoa."

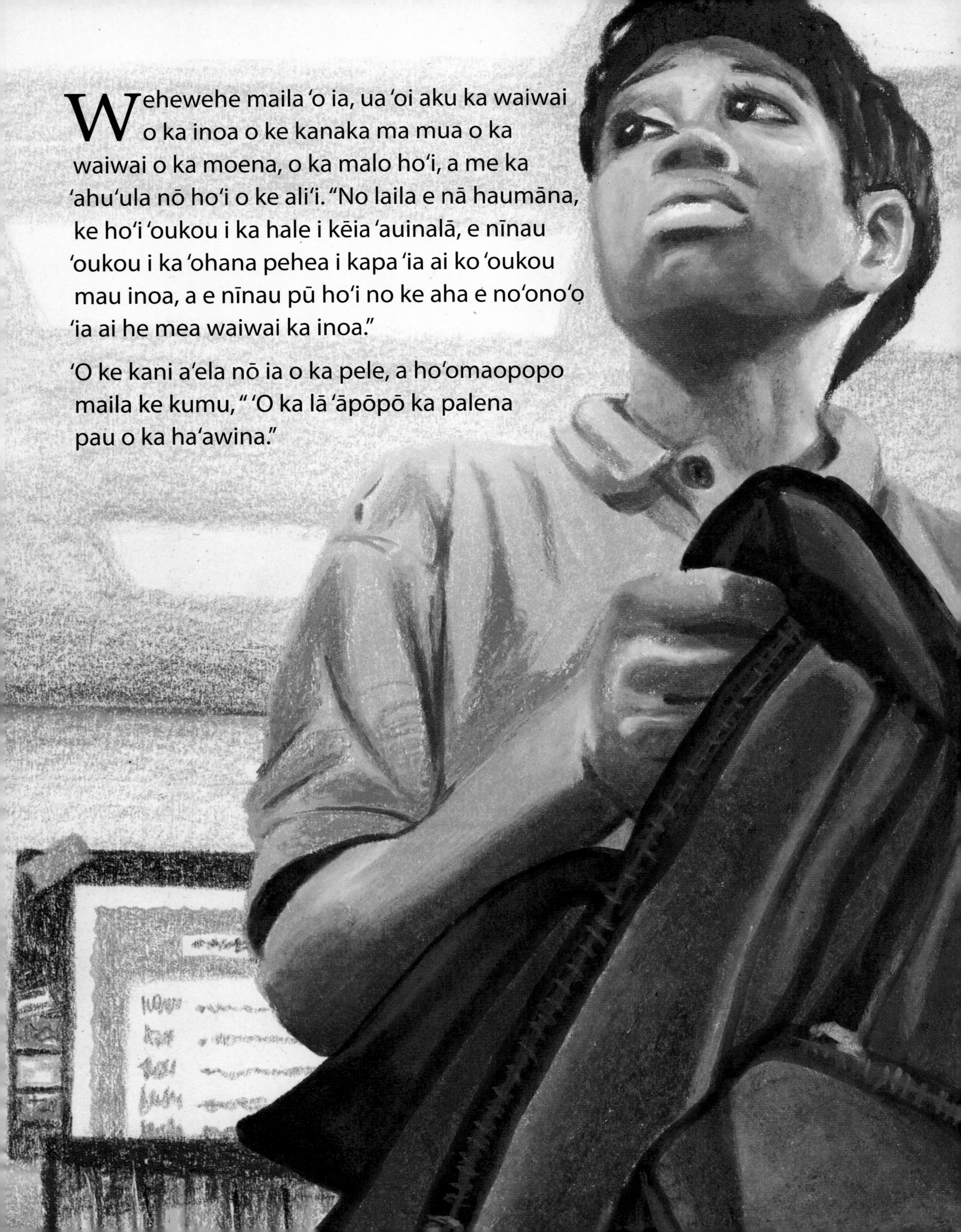

Wehewehe maila ʻo ia, ua ʻoi aku ka waiwai o ka inoa o ke kanaka ma mua o ka waiwai o ka moena, o ka malo hoʻi, a me ka ʻahuʻula nō hoʻi o ke aliʻi. "No laila e nā haumāna, ke hoʻi ʻoukou i ka hale i kēia ʻauinalā, e nīnau ʻoukou i ka ʻohana pehea i kapa ʻia ai ko ʻoukou mau inoa, a e nīnau pū hoʻi no ke aha e noʻonoʻo ʻia ai he mea waiwai ka inoa."

ʻO ke kani aʻela nō ia o ka pele, a hoʻomaopopo maila ke kumu, " ʻO ka lā ʻāpōpō ka palena pau o ka haʻawina."

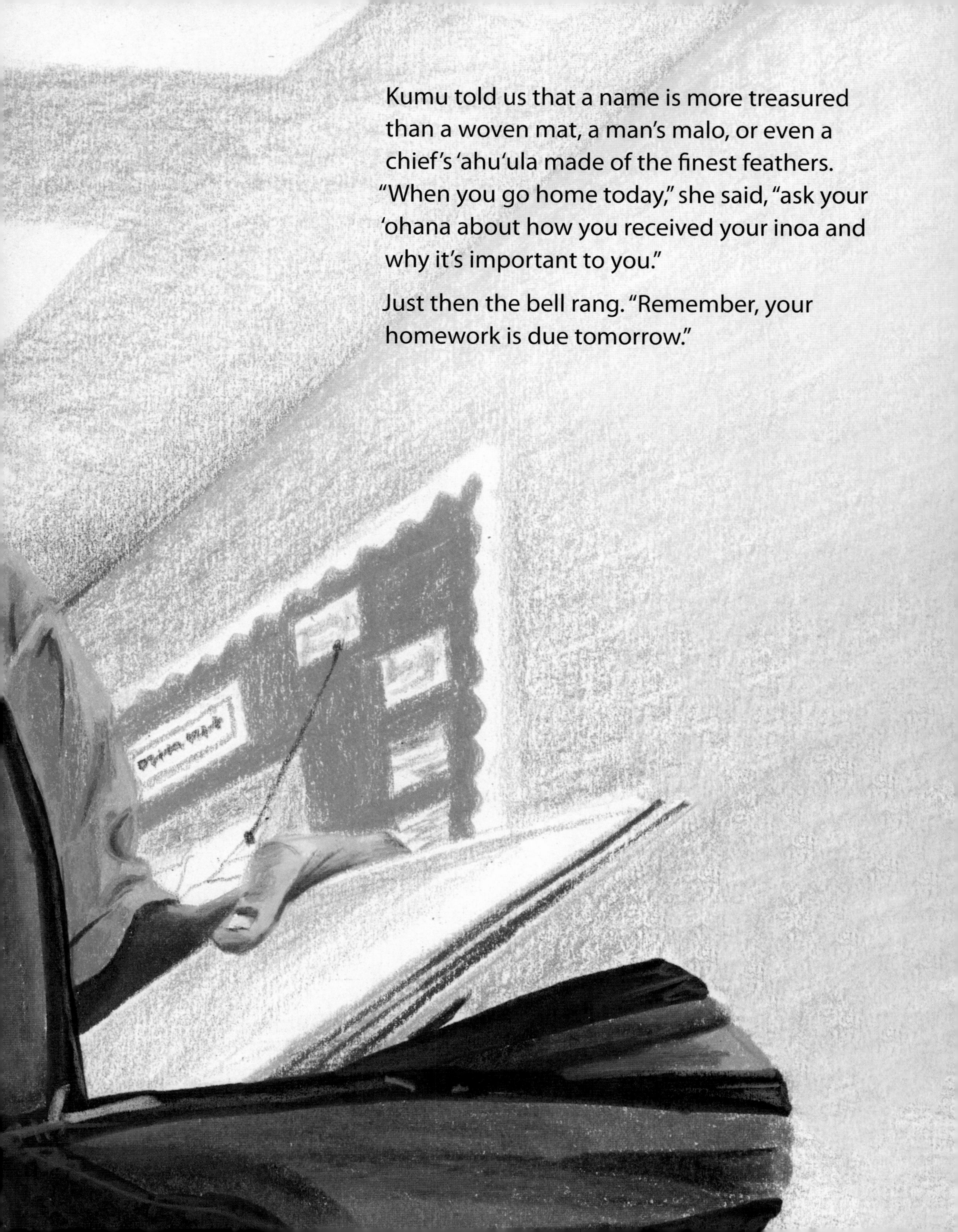

Kumu told us that a name is more treasured than a woven mat, a man's malo, or even a chief's ʻahuʻula made of the finest feathers. "When you go home today," she said, "ask your ʻohana about how you received your inoa and why it's important to you."

Just then the bell rang. "Remember, your homework is due tomorrow."

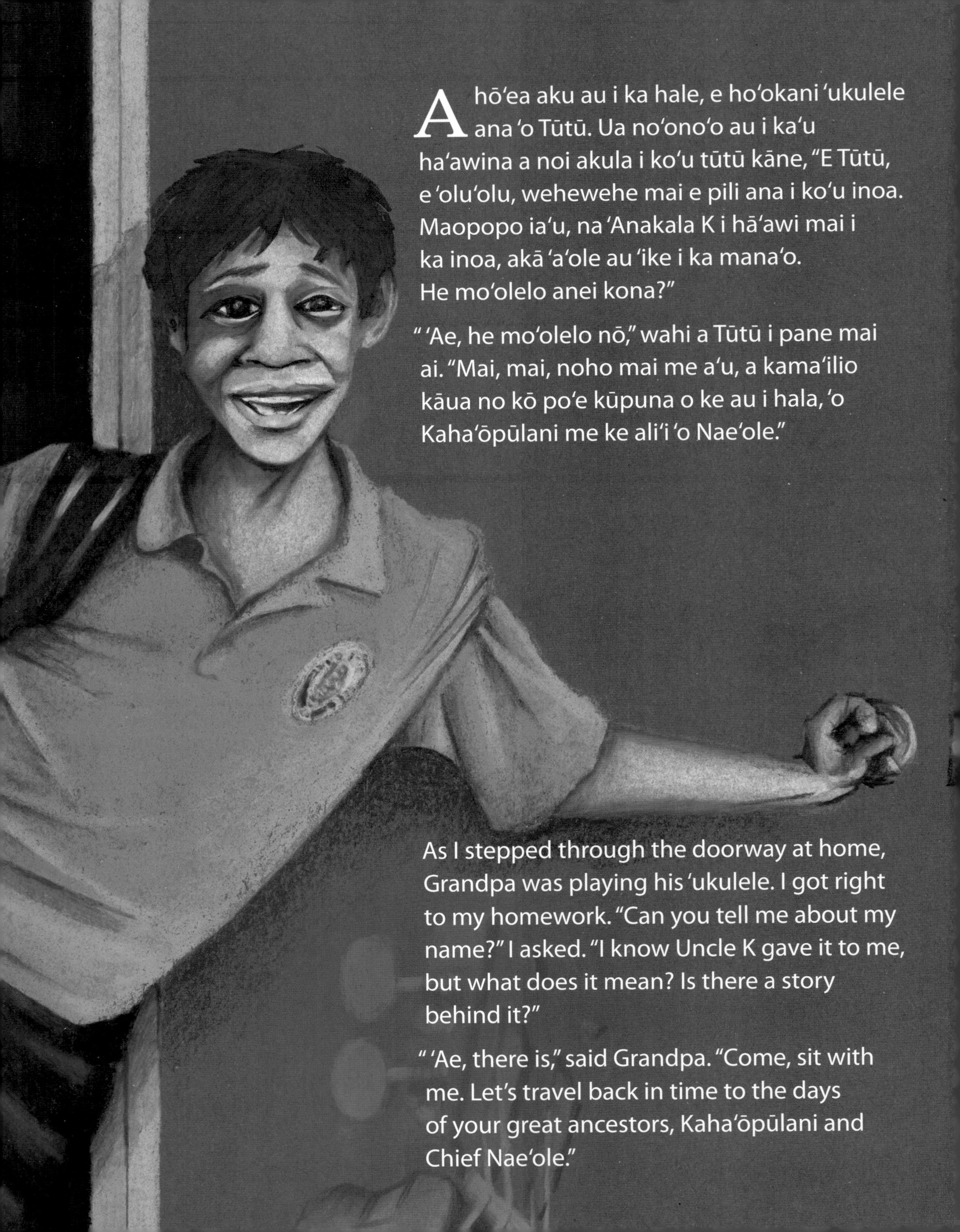

A hōʻea aku au i ka hale, e hoʻokani ʻukulele ana ʻo Tūtū. Ua noʻonoʻo au i kaʻu haʻawina a noi akula i koʻu tūtū kāne, "E Tūtū, e ʻoluʻolu, wehewehe mai e pili ana i koʻu inoa. Maopopo iaʻu, na ʻAnakala K i hāʻawi mai i ka inoa, akā ʻaʻole au ʻike i ka manaʻo. He moʻolelo anei kona?"

" ʻAe, he moʻolelo nō," wahi a Tūtū i pane mai ai. "Mai, mai, noho mai me aʻu, a kamaʻilio kāua no kō poʻe kūpuna o ke au i hala, ʻo Kahaʻōpūlani me ke aliʻi ʻo Naeʻole."

As I stepped through the doorway at home, Grandpa was playing his ʻukulele. I got right to my homework. "Can you tell me about my name?" I asked. "I know Uncle K gave it to me, but what does it mean? Is there a story behind it?"

" ʻAe, there is," said Grandpa. "Come, sit with me. Let's travel back in time to the days of your great ancestors, Kahaʻōpūlani and Chief Naeʻole."

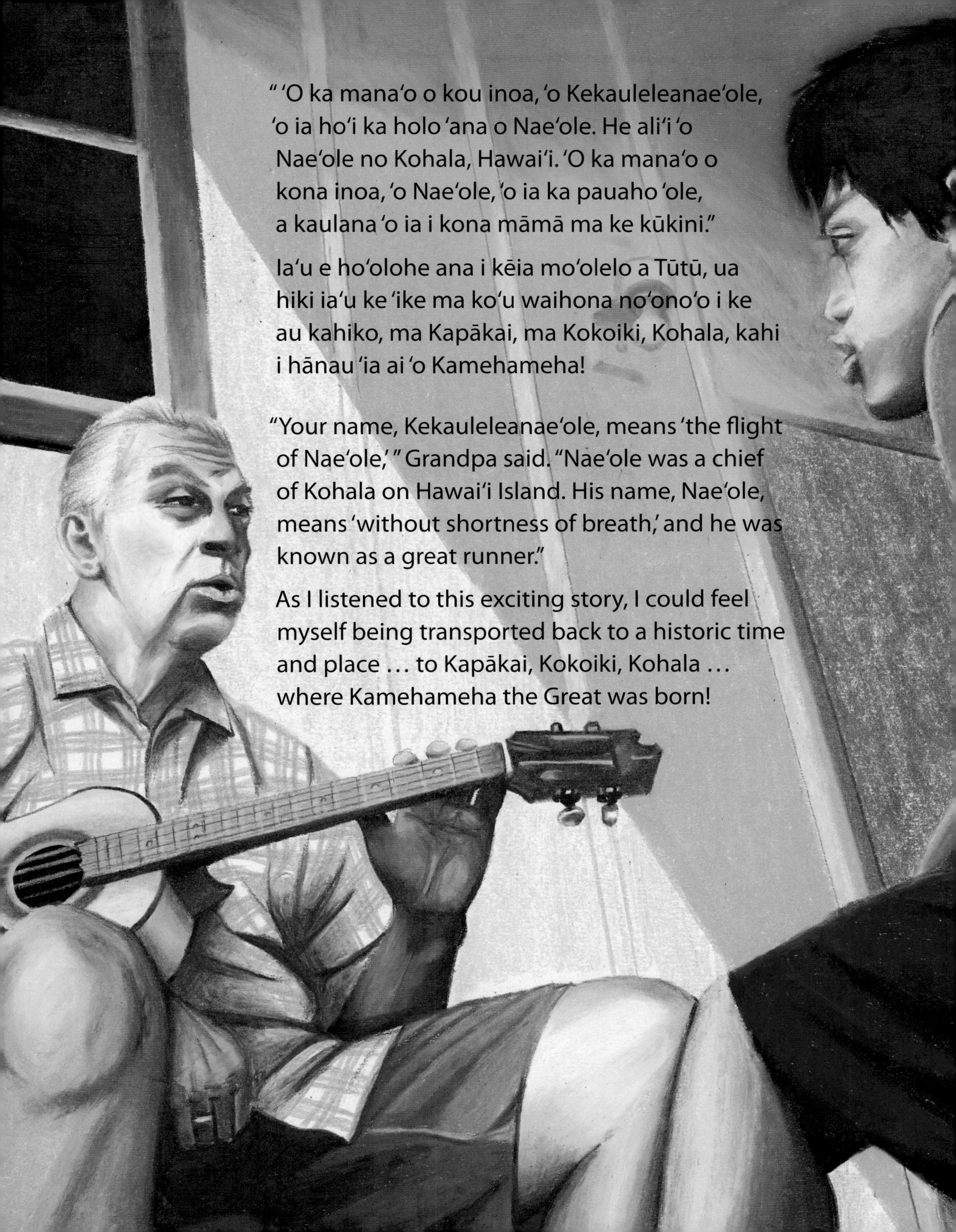

“ ‘O ka mana‘o o kou inoa, ‘o Kekauleleanae‘ole, ‘o ia ho‘i ka holo ‘ana o Nae‘ole. He ali‘i ‘o Nae‘ole no Kohala, Hawai‘i. ‘O ka mana‘o o kona inoa, ‘o Nae‘ole, ‘o ia ka pauaho ‘ole, a kaulana ‘o ia i kona māmā ma ke kūkini.”

Ia‘u e ho‘olohe ana i kēia mo‘olelo a Tūtū, ua hiki ia‘u ke ‘ike ma ko‘u waihona no‘ono‘o i ke au kahiko, ma Kapākai, ma Kokoiki, Kohala, kahi i hānau ‘ia ai ‘o Kamehameha!

“Your name, Kekauleleanae‘ole, means ‘the flight of Nae‘ole,’ ” Grandpa said. “Nae‘ole was a chief of Kohala on Hawai‘i Island. His name, Nae‘ole, means ‘without shortness of breath,’ and he was known as a great runner.”

As I listened to this exciting story, I could feel myself being transported back to a historic time and place … to Kapākai, Kokoiki, Kohala … where Kamehameha the Great was born!

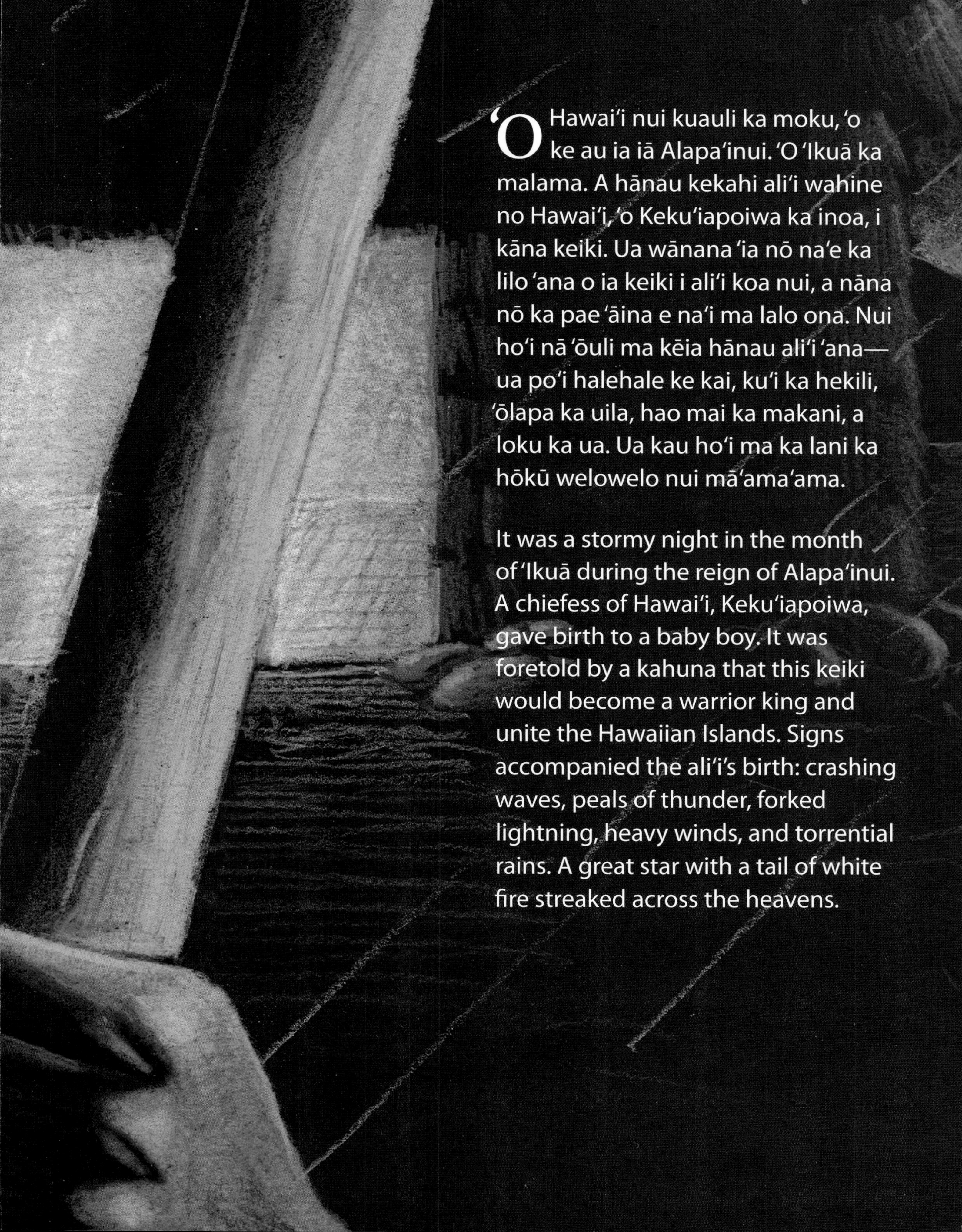

'O Hawai'i nui kuauli ka moku, 'o ke au ia iā Alapa'inui. 'O 'Ikuā ka malama. A hānau kekahi ali'i wahine no Hawai'i, 'o Keku'iapoiwa ka inoa, i kāna keiki. Ua wānana 'ia nō na'e ka lilo 'ana o ia keiki i ali'i koa nui, a nāna nō ka pae 'āina e na'i ma lalo ona. Nui ho'i nā 'ōuli ma kēia hānau ali'i 'ana—ua po'i halehale ke kai, ku'i ka hekili, 'ōlapa ka uila, hao mai ka makani, a loku ka ua. Ua kau ho'i ma ka lani ka hōkū welowelo nui mā'ama'ama.

It was a stormy night in the month of 'Ikuā during the reign of Alapa'inui. A chiefess of Hawai'i, Keku'iapoiwa, gave birth to a baby boy. It was foretold by a kahuna that this keiki would become a warrior king and unite the Hawaiian Islands. Signs accompanied the ali'i's birth: crashing waves, peals of thunder, forked lightning, heavy winds, and torrential rains. A great star with a tail of white fire streaked across the heavens.

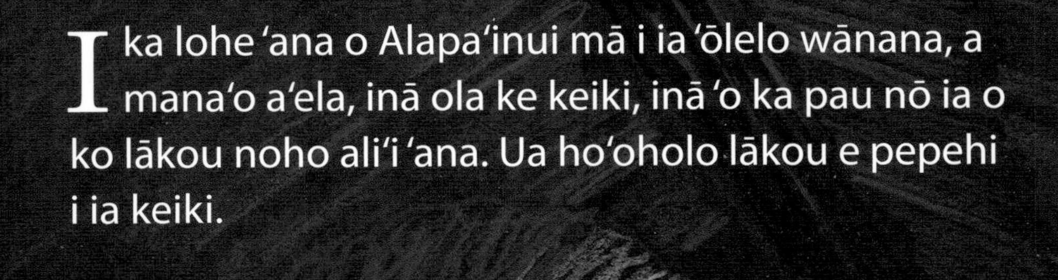

I ka lohe ʻana o Alapaʻinui mā i ia ʻōlelo wānana, a manaʻo aʻela, inā ola ke keiki, inā ʻo ka pau nō ia o ko lākou noho aliʻi ʻana. Ua hoʻoholo lākou e pepehi i ia keiki.

The powerful Alapaʻinui and other chiefs of Hawaiʻi Island heard of this prophecy and were not pleased. This child could prove their downfall. Death for the newborn would be the only solution.

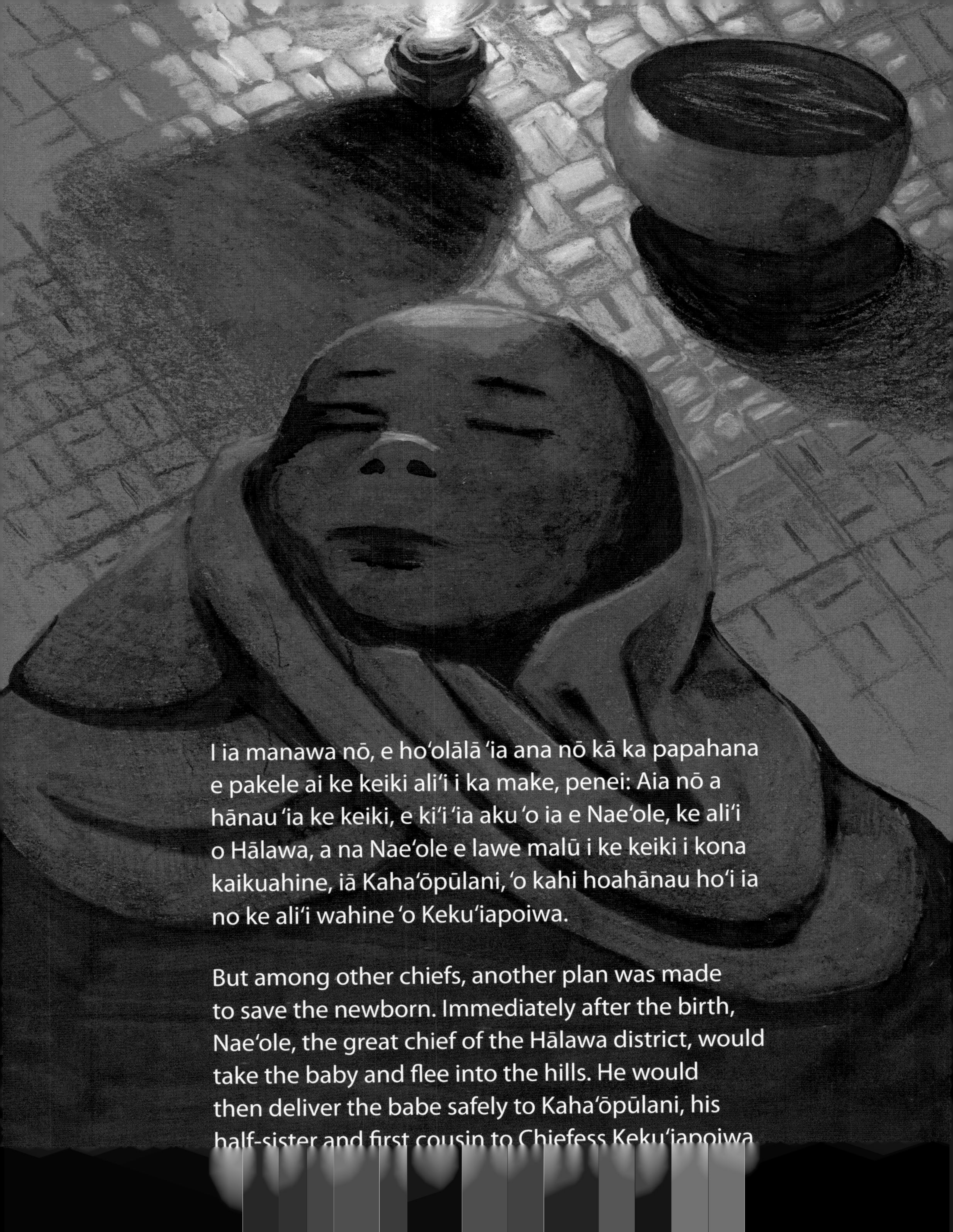

I ia manawa nō, e ho‘olālā ‘ia ana nō kā ka papahana e pakele ai ke keiki ali‘i i ka make, penei: Aia nō a hānau ‘ia ke keiki, e ki‘i ‘ia aku ‘o ia e Nae‘ole, ke ali‘i o Hālawa, a na Nae‘ole e lawe malū i ke keiki i kona kaikuahine, iā Kaha‘ōpūlani, ‘o kahi hoahānau ho‘i ia no ke ali‘i wahine ‘o Keku‘iapoiwa.

But among other chiefs, another plan was made to save the newborn. Immediately after the birth, Nae‘ole, the great chief of the Hālawa district, would take the baby and flee into the hills. He would then deliver the babe safely to Kaha‘ōpūlani, his half-sister and first cousin to Chiefess Keku‘iapoiwa

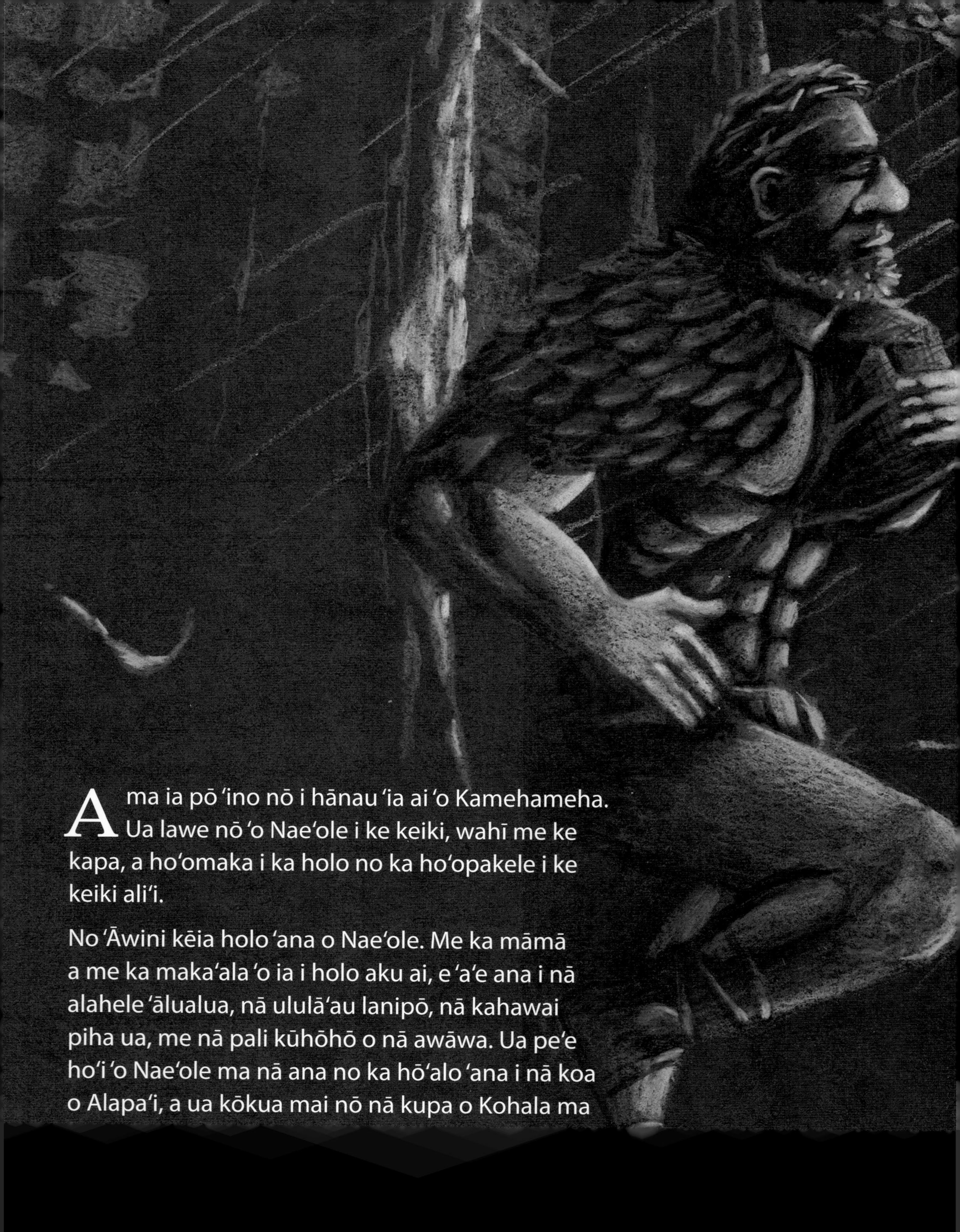

A ma ia pō ʻino nō i hānau ʻia ai ʻo Kamehameha. Ua lawe nō ʻo Naeʻole i ke keiki, wahī me ke kapa, a hoʻomaka i ka holo no ka hoʻopakele i ke keiki aliʻi.

No ʻĀwini kēia holo ʻana o Naeʻole. Me ka māmā a me ka makaʻala ʻo ia i holo aku ai, e ʻaʻe ana i nā alahele ʻālualua, nā ululāʻau lanipō, nā kahawai piha ua, me nā pali kūhōhō o nā awāwa. Ua peʻe hoʻi ʻo Naeʻole ma nā ana no ka hōʻalo ʻana i nā koa o Alapaʻi, a ua kōkua mai nō nā kupa o Kohala ma

So on that stormy night, Kamehameha was born. Nae'ole took the newborn, wrapped in soft kapa cloth, and began the race to save a king.

Nae'ole's destination was 'Āwini. Running with careful speed, he crossed rugged trails, dense forests, swollen rivers, and steep valleys. To avoid being captured by Alapa'i's men, Nae'ole hid in caves and received help from people in different

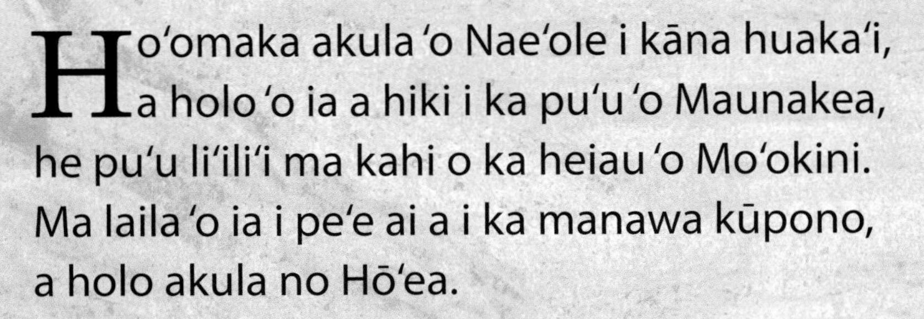

Hoʻomaka akula ʻo Naeʻole i kāna huakaʻi, a holo ʻo ia a hiki i ka puʻu ʻo Maunakea, he puʻu liʻiliʻi ma kahi o ka heiau ʻo Moʻokini. Ma laila ʻo ia i peʻe ai a i ka manawa kūpono, a holo akula no Hōʻea.

Ma Hōʻea hoʻi, e kali ana ka poʻe ʻo ka hōʻea ʻana mai o Naeʻole. Ua nui ka lokomaikaʻi o kānaka, na lākou i mālama malū iā Naeʻole mā. ʻAʻole i liʻuliʻu ka noho ʻana, a haʻalele akula ʻo Naeʻole mā iā Hōʻea.

As Naeʻole began the trek, he reached Puʻu Maunakea, a small hill near Moʻokini Heiau. He hid there until it was safe and then continued to the first village, Hōʻea, which means "to arrive."

The people of Hōʻea were waiting anxiously for this blessing to come. They provided Naeʻole with safe shelter for a brief moment then sent him and the babe on their way.

Mai laila mai a holo a hiki i Hāwī. ʻAʻohe mea ma laila e hānai waiū ai i ke keiki, a e uē ana ʻo ia i ka pōloli. I ia manawa, aia ʻo Kekuʻiapoiwa ma Kokoiki e kali ana i ka lono no kāna keiki me ka hopohopo pū.

Nae'ole's next stop was Hāwī, a village name meaning "to suffer a famine." Because there was no wet nurse, the infant began to cry from hunger. Back at Kokoiki, a worried mother, Chiefess Keku'iapoiwa, awaited news of her newborn son.

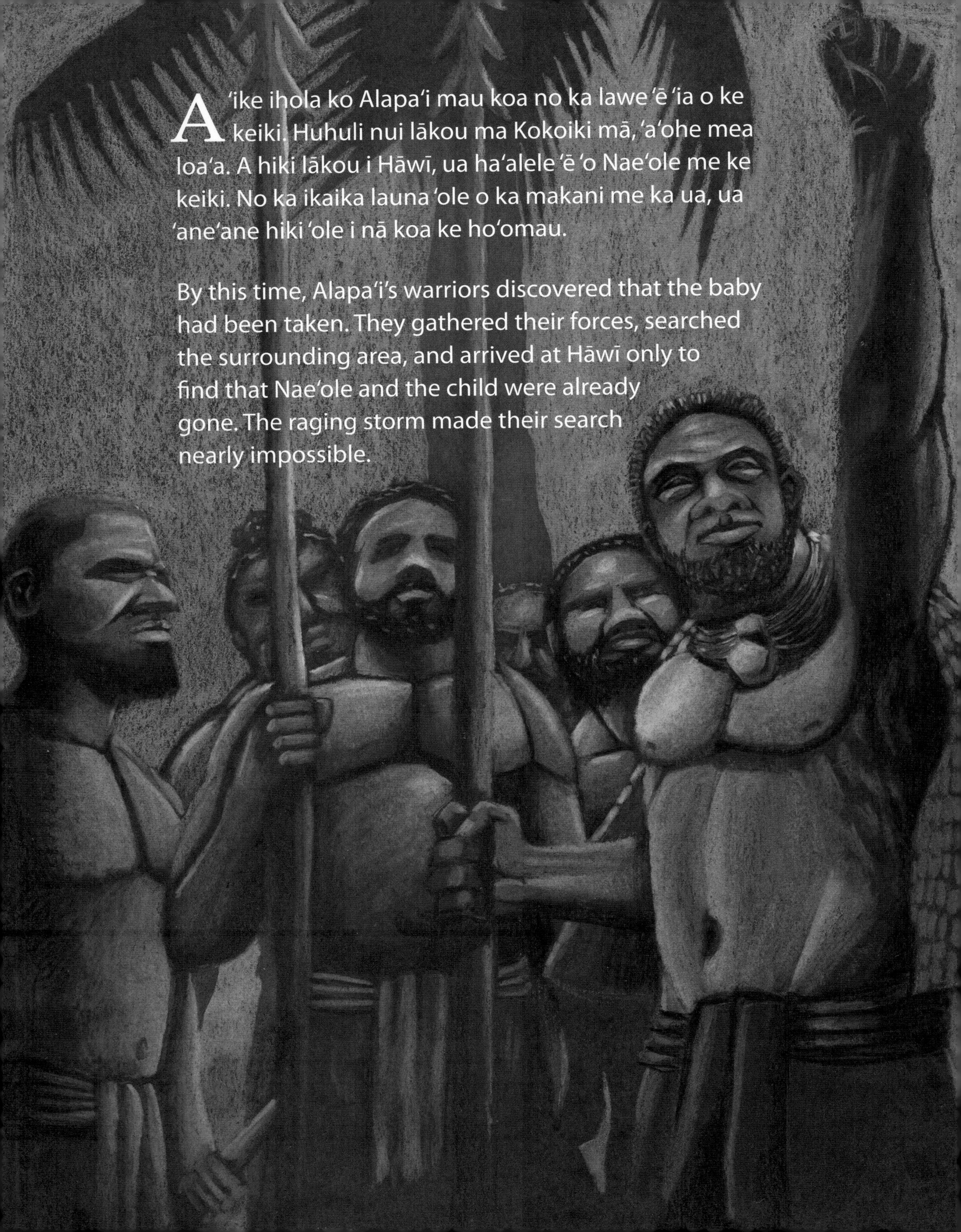

A ʻike ihola ko Alapaʻi mau koa no ka lawe ʻē ʻia o ke keiki. Huhuli nui lākou ma Kokoiki mā, ʻaʻohe mea loaʻa. A hiki lākou i Hāwī, ua haʻalele ʻē ʻo Naeʻole me ke keiki. No ka ikaika launa ʻole o ka makani me ka ua, ua ʻaneʻane hiki ʻole i nā koa ke hoʻomau.

By this time, Alapaʻi's warriors discovered that the baby had been taken. They gathered their forces, searched the surrounding area, and arrived at Hāwī only to find that Naeʻole and the child were already gone. The raging storm made their search nearly impossible.

ʻO Honomakaʻu, he wahi e peʻe ai no ka makaʻu, a ma laila hoʻi i peʻe ai ʻo Naeʻole mā. Hoʻomau akula ʻo Naeʻole i loko nō o ka ua me ke kelekele o ke alahele.

Chief Naeʻole took refuge near Honomakaʻu, an area named for seeking shelter from fear. He hid in a place sheltered by trees. The rain and muddy trails made it difficult to continue, but Naeʻole kept going.

I ka pi'i 'ana a'e o ka lā, hō'ea akula 'o Nae'ole mā i Kapa'au. Ua piha ke kahawai i ka ua. I ko Nae'ole 'au 'ana aku i ke kahawai, ua pulu ke kapa o ke keiki, a lilo akula i ke kō ikaika a ka wai.

As dawn approached, Nae'ole came to the village of Kapa'au, meaning the place where the kapa went swimming. The streams were swollen because of the heavy rains. When Nae'ole crossed the swirling water, the baby's kapa got drenched and lost in the current.

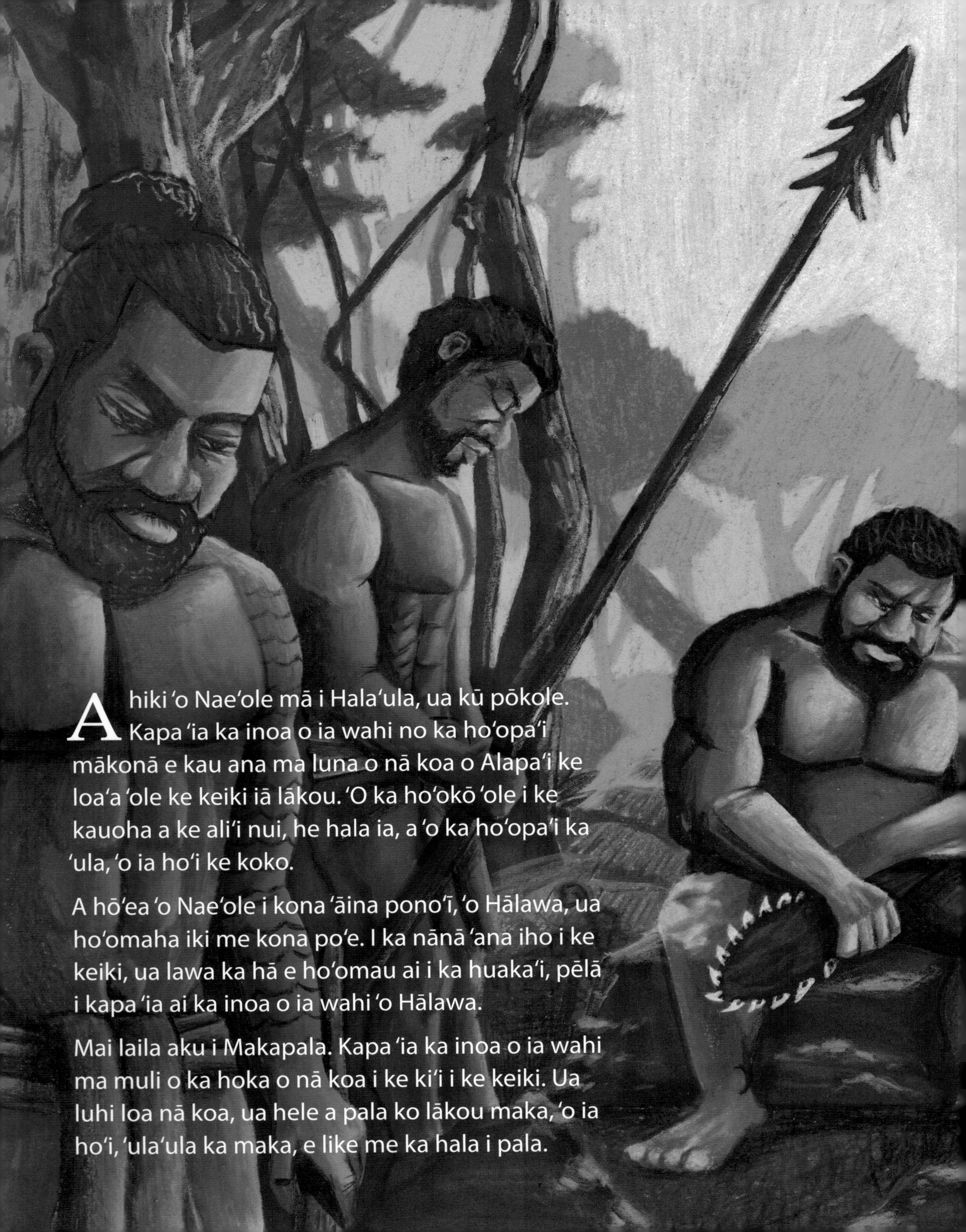

Ahiki ʻo Naeʻole mā i Halaʻula, ua kū pōkole. Kapa ʻia ka inoa o ia wahi no ka hoʻopaʻi mākonā e kau ana ma luna o nā koa o Alapaʻi ke loaʻa ʻole ke keiki iā lākou. ʻO ka hoʻokō ʻole i ke kauoha a ke aliʻi nui, he hala ia, a ʻo ka hoʻopaʻi ka ʻula, ʻo ia hoʻi ke koko.

A hōʻea ʻo Naeʻole i kona ʻāina ponoʻī, ʻo Hālawa, ua hoʻomaha iki me kona poʻe. I ka nānā ʻana iho i ke keiki, ua lawa ka hā e hoʻomau ai i ka huakaʻi, pēlā i kapa ʻia ai ka inoa o ia wahi ʻo Hālawa.

Mai laila aku i Makapala. Kapa ʻia ka inoa o ia wahi ma muli o ka hoka o nā koa i ke kiʻi i ke keiki. Ua luhi loa nā koa, ua hele a pala ko lākou maka, ʻo ia hoʻi, ʻulaʻula ka maka, e like me ka hala i pala.

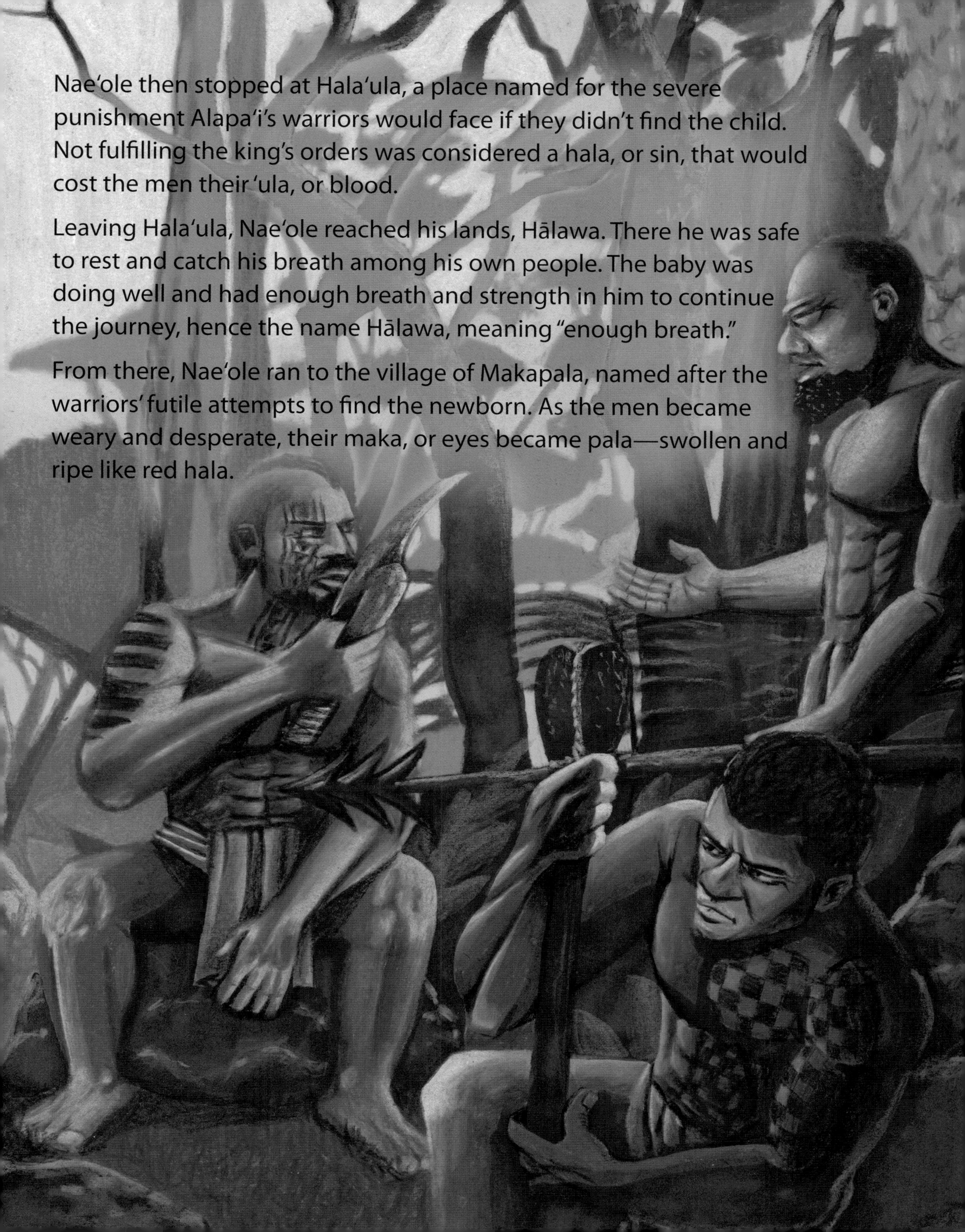

Nae'ole then stopped at Hala'ula, a place named for the severe punishment Alapa'i's warriors would face if they didn't find the child. Not fulfilling the king's orders was considered a hala, or sin, that would cost the men their 'ula, or blood.

Leaving Hala'ula, Nae'ole reached his lands, Hālawa. There he was safe to rest and catch his breath among his own people. The baby was doing well and had enough breath and strength in him to continue the journey, hence the name Hālawa, meaning "enough breath."

From there, Nae'ole ran to the village of Makapala, named after the warriors' futile attempts to find the newborn. As the men became weary and desperate, their maka, or eyes became pala—swollen and ripe like red hala.

Holo hoʻomau nō ʻo Naeʻole a hiki i ke awāwa ʻo Pololū. Aia nō ke kū ala i mua ona ʻo ʻĀwini. Ua huli akula ʻo ia i hope e nānā inā aia paha ko Alapaʻi mau koa ma kahi kokoke, ʻaʻole paha.

Naeʻole kept running until he reached Pololū Valley. ʻĀwini was still in the distance. He checked to see if Alapaʻi's men were near.

He pa'akikī nō ka iho 'ana i loko o ke awāwa. No Nae'ole na'e, ua kūpa'a pauaho 'ole 'o ia ma luna o kāna ho'ohiki, 'o ka ho'opakele 'ana i ke keiki ali'i.

The trek down into the valley was dangerous. But the tireless Nae'ole had vowed to complete this important mission, so he ran toward his final destination.

A pō ke ao a ao ka pō, ua kāmoe aku ʻo Naeʻole a me ke keiki Kamehameha a hiki i ʻĀwini. Aia i laila ke kaikuahine o Naeʻole, ʻo Kahaʻōpūlani hoʻi, e kali ana i ka hōʻea ʻana mai o lāua. A hiki lāua i kauhale, hānai waiū ʻia ke keiki a māʻona, a hūnā koke ʻia aʻela.

I ka hōʻea ʻana mai o nā koa o Alapaʻi, ua ʻike lākou iā Kahaʻōpūlani me kāna kaikamahine. ʻO ke keiki a lākou e huli ana, ʻaʻole loa i loaʻa. ʻO ka hoʻi akula nō ia o nā koa, ua hoka. Ua kō hoʻi ke kuleana o Naeʻole, ua hoʻopakele ʻo ia i ke keiki Naʻi Aupuni, ua palekana.

After traveling day and night through miles of rugged mountains and deep valleys, Naeʻole and the baby Kamehameha finally reached ʻĀwini. Naeʻole's half-sister, Kahaʻōpūlani, was waiting for them. She quickly nursed and hid the newborn.

As the baby slept, Alapaʻi's warriors arrived and saw Kahaʻōpūlani with her own baby girl. Dejected, the warriors left. The race to save a king was over. Naeʻole had fulfilled his kuleana, and the infant

ʻŌlelo maila ʻo Tūtū, "No laila, ʻo kou inoa ʻo Kekauleleanaeʻole, he inoa hoʻomanaʻo ia no kēia holo ʻana o Naeʻole. ʻEʻole ke ʻano koa o kō mau kūpuna o Kohala, ola ai ʻo Kamehameha."

Pane akula au, "Mahalo e Tūtū, i kēia moʻolelo no koʻu inoa! E kākau ana au i kēia moʻolelo no kaʻu haʻawina. Hoihoi nō paha kaʻu kumu i ka moʻolelo."

ʻAe maila ʻo Tūtū, " ʻOia. Na Tūtū wahine ʻoe e kōkua. Aia i loko o kou inoa nā moʻolelo ʻohana a me ka mōʻaukala, ʻo ia ko kākou mau mea waiwai loa. He mau moʻolelo nō hoʻi ko nā ʻohana ʻē aʻe. Mālama kākou i nā moʻolelo i mea hōʻihi i nā kūpuna ma mua o kākou."

Nīnau akula au, " ʻHe mau moʻolelo hou aʻe ko kākou?"

Pane maila kēlā, " ʻO ʻae. ʻO ia mau moʻolelo naʻe, no kekahi manawa aʻe ia."

"And so your name, Kekauleleanaeʻole," said Grandpa, "is to remind you of Naeʻole's flight. If not for the courage and devotion of your Kohala ancestors, the life of Kamehameha the Great would have ended at birth."

"Mahalo, Grandpa, for telling me about my inoa!" I said. "I'm going to write this all down for my homework. I think my kumu will like it."

" ʻAe," he said. "Grandma will help you. Your name carries our family moʻolelo, our stories, our most valuable possessions. Other families also have their own moʻolelo. We keep the stories alive so we can live worthy of our great ancestors' respect."

"Are there more moʻolelo?" I asked.

" ʻAe," Grandpa answered. "There are more moʻolelo, and those stories are for another time . . ."

ʻELIMA MANAʻO

e kākoʻo ana i nā haʻawina o kēia puke

1 **No ka ʻōpio**
Aia anei ma kou ʻohana kekahi kanaka i kapa ʻia kona inoa me ka hahai ʻana i nā loina Hawaiʻi kuʻuna? He aha ka manaʻo o kona inoa a no ke aha i kapa ʻia ai pēlā?

2 **No ka ʻohana**
Ma ka holo ʻana o Naeʻole, ua kōkua ʻia ʻo ia e kona ʻohana ponoʻī a me ko Kohala a puni. Ua nui nō ia kōkua ʻana, he mea koʻikoʻi no ka hoʻokō ʻana o Naeʻole i kāna hana. ʻO wai ka poʻe ma kou ʻohana a me kou kaiahome āu e hilinaʻi a kaukaʻi ai, na lākou e kōkua iā ʻoe ke hana ʻoe i kekahi pāhana nui?

3 **No ka papa kula**
Nui nā moʻolelo Hawaiʻi, e like me kēia moʻolelo no Naeʻole, i pili i ka huakaʻi hele. Ua hele ʻoe ma ka huakaʻi ma mua? E haʻi ʻoe i nā hoapapa e pili ana i kou wahi i hele ai a me nā mea āu i ʻike ai. He pahuhopu ko ka huakaʻi? Ua kō anei? E nīnau i nā hoapapa i kahi a lākou e huakaʻi ai a me kekahi hana a lākou e hana ai ma laila.

4 **No ke kaiaulu**
Helu ʻia ma ka moʻolelo he mau inoa ʻāina, me ka wehewehe pōkole no ia mau wahi pana. ʻO wai kekahi mau wahi pana i kokoke i kou hale a i kou kula paha, a i ʻole paha, he wahi e hele mau ai kou ʻohana?

5 **No ka lāhui**
Ua hoʻolale ʻia paha kēia mau hana a Alapaʻi mā i ko lākou makaʻu o lilo ka noho aliʻi ʻana iā haʻi. E noʻonoʻo i nā alakaʻi o kēia wā a me ko lākou manaʻo i nā nīnau koʻikoʻi no ka lāhui. He maikaʻi anei kā lākou mau koho? No wai ka pōmaikaʻi o kā lākou mau koho?

FIVE TIPS

For applying the lessons of this book

1 **ʻŌpio (children and youth)**
Do you know of someone in your family who has been given a name following Hawaiian traditions and customs of name giving? What is the meaning and significance of the name?

2 **ʻOhana (extended family)**
On his trip, Naeʻole received help from his family and from people all over Kohala. This kōkua was an essential component in Naeʻole's fulfilling his task. Who in your family or in your neighborhood do you trust and rely on for help when you have a lofty goal to accomplish?

3 **Papa kula (classroom)**
Like the flight of Naeʻole, many of our traditional Hawaiian stories involve an important journey. Have you ever been on a journey? Tell your class where you went and what you experienced. Was there a goal for your journey? Was it accomplished? Ask the class members about places they would like to visit and what they would like to do there.

4 **Kaiaulu (community)**
Naeʻole's journey recounts the names and origins of several wahi pana, or storied places. What are some other wahi pana near your home or school, or perhaps a place where your family spends a lot of time?

5 **Lāhui (people, nation)**
The actions of Alapaʻi and the other Hawaiʻi Island chiefs in seeking to destroy Kamehameha may have been motivated by their fear of losing power. Identify some of today's leaders as well as their position on important issues that we face as a lāhui. Are these leaders making good decisions? Who benefits from their decisions?

No nā lako hoʻonaʻauao hou aku, e kele i / For additional educational resources visit
www.kamehamehapublishing.org/kohalakuamoo

NO KEIA MOʻOLELO

Ma ka makahiki 1972, ua lilo au i loko o ka hana moʻokūʻauhau a me ka noiʻi moʻolelo ʻohana. Nui nā hola i hoʻohala ʻia ma ke keʻena palapala kahiko o ka Mokuʻāina, a pēlā pū ma ke kamaʻilio ʻana me koʻu makuahine ʻo ʻIwalani Vickery, ma ka ʻohi ʻana i ka nui ʻike i hiki. Ma koʻu heluhelu ʻana me ke kilo pū i nā kiʻi kahiko, ua ala hou mai ma koʻu naʻau ke aloha kupuna. I kekahi lā ma ke keʻena palapala kahiko, ua ʻike au he mea kūikawā. Ma ia lā au i hoʻokamaʻāina ai i koʻu kupuna wahine kuaono ma ka ʻaoʻao o koʻu makuahine. Ua paʻi ʻia kona inoa ʻo Kamaka Stillman ma ka ʻaoʻao mua o ka nūpepa ʻo ka *Honolulu Advertiser* o ka lā 25 o Iulai, makahiki 1924, e kūkala mai ana, "the last of a now bygone era passes into peaceful repose at the age of 101." Ua hānau ʻia ʻo ʻŌʻūkamakaokawaukeʻoiʻōpiopio ma ʻĀwini, Kohala ʻĀkau, i ka makahiki 1823. He moʻopuna kualua ʻo ia no Kahaʻōpūlani, ʻo ia ka makuahine hānai o Kamehameha a me ke kaikuahine o Naeʻole, ke aliʻi kūkini o Kohala. Ma ka ʻōlelo Hawaiʻi nā ʻaoʻao mua ʻekolu o ka nūpepa, no laila au i hele ai iā Kawena Pukui i kōkua. ʻAʻole loa au e poina i ka heluhelu ʻana i ka unuhina o ia mau ʻaoʻao. ʻO ka moʻolelo ia no Kamaka Stillman a me kona moʻokūʻauhau e hōʻike mai ana i kona pili i nā aliʻi nui o Hawaiʻi. He moʻolelo hoʻi i pili i ka hānau ʻia ʻana o Kamehameha a me kona lawe hoʻopakele ʻia ʻana i ʻĀwini e Naeʻole. Ma ia manawa mai, ua kūpaʻa au ma ka noiʻi ʻana e pili ana i ia wā, he manawa huliau ma ka mōʻaukala o ka lāhui. Iaʻu e hana ana i ia mau hana, ua pōmaikaʻi wau i ka lohe i nā moʻolelo o nā inoa ʻāina o Kohala, i mālama ʻia na Keoki Pinehaka, a i haʻi hou ʻia mai e Fred Cachola.

Kaʻahope akula nā makahiki, a ma ka lā 9 o Iulai, makahiki 1999, ua hānau ʻia mai ka lua o kā māua moʻopuna kāne. Ua makemake ka makuakāne, ʻo Aaron ka inoa, e kapa aku i ke keiki ma ka inoa o ko mākou kupuna ʻo Naeʻole. Ua kūkākūkā au me kaʻu kumu mele ʻo Kahauanu Lake. A hala kekahi mau lā, kelepona maila ʻo ia me ka inoa no ke keiki, he inoa pō ia. ʻO Kekauleleanaeʻole ka inoa, ʻo ia hoʻi, ka holo ʻana o Naeʻole. Kapa mai ʻo " ʻAnakala K" i ia inoa me ke koi pū mai e haʻi mākou i ke keiki i ka manaʻo me ka moʻolelo o kona inoa, i paʻa iā ia ka moʻolelo a me kona moʻokūʻauhau.

(left to right) Luana, Aaron, Kekauleleanaeʻole, Tish, Walter

A ua hoʻokō aku au pēlā, e like me kaʻu i hana ai me kona makuakāne, ʻo Aaron Kamanukealiʻi Kawaiʻaeʻa. I ko Aaron wā e kamaliʻi ana, ua hoʻolohe ʻo ia i nā moʻolelo ʻohana a ua hoʻoholo koke ʻo ia, ke hānau ʻia mai kāna keiki hiapo, e kapa ana ʻo ia i ka inoa ʻo Naeʻole. Noho nō a kanaka makua aʻela ʻo Aaron, a he moho ma ka ʻoihana kaha kiʻi, a ua makemake ʻo ia e haʻi i ka moʻolelo o Naeʻole ma ke kaha kiʻi ʻana i puke na nā kamaliʻi. Ua nele naʻe i ka loaʻa ʻole o ke kanaka nāna e kākau.

A holo hou ka manawa, ma ka makahiki 2008, aia ʻo Kekaulele ma ka papa ʻelua ma ke Kula ʻo Kamehameha, ma Kapālama. ʻO ka "Lā Kūpuna" ia ma ke kula, ka lā e holo pū ai nā kūpuna i ke kula me ka moʻopuna no ka nānā ʻana i nā mea i aʻo ʻia ma ia makahiki. Ma ia lā hoʻi i launa ai mākou me Anna Sumida, he kumu aʻo ma laila, nāna e hoʻolaukaʻi ana i ka pāhana hoʻopuka puke o ke kula. A lohe ʻo ia i ko Aaron ʻiʻini i ke kaha kiʻi puke kamaliʻi, ua paipai ʻo ia iā Aaron me ka ʻī mai, "Eia kāu mea kākau, ʻo kāu keiki." ʻIke ihola ʻo Aaron i ka pololei o ia manaʻo, a hoʻoholo ʻo ia i ka inoa o ka moʻolelo, ʻo ia hoʻi, ʻo *Naeʻole's Race to Save a King*.

A hoʻomaka ka hana pū ʻana o ka makua me ke keiki no ka haʻi hou ʻana i kēia moʻolelo ʻohana. Ma koʻu kūlana kupuna, ua lilo wau ʻo ka mea noiʻi mōʻaukala ʻohana. Na kaʻu wahine i hāʻawi mai i kona mau manaʻo, ʻoiai, ua hānau ʻia ʻo ia ma Kohala, a hānai ʻia hoʻi ma Kokoiki.

Ua ʻike mākou, nui nā ʻohana i loaʻa nā moʻolelo waiwai. Me ka mahalo mākou e haʻi hou aku nei i ka moʻolelo o ko mākou ʻohana.

Na Walter Kawaiʻaeʻa

ABOUT THIS STORY

(left to right) Aaron, Fred Cachola, Kekauleleanae'ole

It was 1972, and I found myself heavily engaged in genealogy and family history. I spent hours at the Hawai'i State Archives and talking with my mother, 'Iwalani Vickery, gathering as much information as I could. As I read and looked at old photos, I began to feel a profound connection to these ancestors of mine. Then one day at the archives, something special happened. I met my sixth great-grandmother on my mother's side of the family. Her name was in bold print on the front page of the July 25, 1924 *Honolulu Advertiser*. The newspaper announced that Kamaka Stillman, "the last of a now bygone era passes into peaceful repose at the age of 101." Born 'Ō'ūkamakaowauke'oi'ōpiopio in 'Āwini, North Kohala, in 1823, Kamaka was the great-great-granddaughter of Kaha'ōpūlani, foster mother of Kamehameha and half-sister of the great runner and Kohala chief, Nae'ole. The first three pages of the newspaper were in Hawaiian, so I enlisted the help of tūtū Kawena Pukui. I'll never forget the day I read those translated pages. It was the story of Kamaka Stillman and her genealogy linking her to the great chiefs of Hawai'i. It was the story of the birth of Kamehameha and Chief Nae'ole's race to 'Āwini. From that moment on, I continued to seek more information about this pivotal chapter in our people's history. In the process, I was fortunate to learn about the stories of Kohala place names, which were preserved by Keoki Pinehaka, a kupuna of Kohala, and shared by Fred Cachola.

A few decades later, on July 9, 1999, our second grandson was born. His father, Aaron, wanted to give his newborn the name of our ancestor, Nae'ole. I consulted with my musical mentor, Kahauanu Lake. Several days later he called back and told me of an inoa pō, a dream name. The name was Kekauleleanae'ole, or "the flight of Nae'ole." With this gift came a request from "Uncle K." "Tell your grandson the meaning of the name and tell him the stories, and do it over and over so he remembers and knows who he is and where he comes from."

And so I did, as I had done years earlier with his father, Aaron Kamanukeali'i Kawai'ae'a. As a young boy hearing the stories of our family, Aaron always knew that he would want to give his firstborn son the name of Nae'ole. As an adult and up-and-coming artist, Aaron wanted to tell this story of Chief Nae'ole in the form of a children's picture book. All that was missing was the writer.

Fast-forward to the year 2008 at the elementary campus of Kamehameha Schools–Kapālama. Kekaulele was in the second grade, and it was "Kūpuna Day," when the students take their grandparents to the classroom to share what they had learned during the year. That day we met KS resource teacher Anna Sumida, who coordinates an ongoing campus book publishing project. After meeting Aaron and learning of his desires to do a children's book, she encouraged him and said, "You have a writer, it's your son." In that moment Aaron realized Anna was right, and he knew that the title of the book would be *Nae'ole's Race to Save a King*.

The work began as father and son teamed up to tell a family mo'olelo. As the grandpa, I became the family historian. My wife, a native of Kohala who was raised in Kokoiki, brought life, passion, and special insights to the project.

We know there are many families here in Hawai'i nei who have many valuable stories to share. Mahalo for allowing us to present this version of our family mo'olelo.

Walter Kawai'ae'a

GLOSSARY

ʻahuʻula ornamental cape made from bird feathers, worn by high-ranking aliʻi
aliʻi chief or ruler of royal birth
heiau temple or shrine, a pre-Christian place of worship
ʻIkuā name of a month in the Hawaiian year
inoa name
kahuna traditionally trained and acknowledged expert in a field
kapa bark cloth from which garments are made
keiki child
malo loincloth, traditional covering for males

MAIN CHARACTERS IN THE STORY

Kamehameha A high-ranking Hawaiʻi Island chief from the district of Kohala. In 1810 Kamehameha became the first ruler to unify the Hawaiian Islands as a single nation, ultimately establishing the shared identity that Hawaiians enjoy as one people.

Kekuʻiapoiwa Kamehameha's mother; a high-ranking chiefess of Kohala. At the time of Kamehameha's birth, Kekuʻiapoiwa was the highest-ranking female of the Mahi clan, a Kohala chiefly lineage known for its strong leaders.

Naeʻole A chief of Hālawa, Kohala, who was a close relative of Kekuʻiapoiwa and her iwikuamoʻo, or most trusted and close attendant. Naeʻole was given the responsibility of safeguarding Kamehameha from the first moments of his life through his young childhood.

Alapaʻi The ruling chief of Hawaiʻi Island at the time of Kamehameha's birth. Alapaʻi ordered that Kamehameha be killed as soon as he was born but later brought Kamehameha to his court to be reared as a high chief.

Kahaʻōpūlani Half-sister of Naeʻole and chiefess of Kohala. Kahaʻōpūlani breastfed and helped to care for Kamehameha during his young childhood.

KAMEHAMEHA PUBLISHING

KA PAPA HOʻOPUKA ʻO KAMEHAMEHA – I Oha Nā Pua
Kākoʻo ka Papa Hoʻopuka ʻo Kamehameha i ke ala nuʻukia o nā Kula ʻo Kamehameha ma ka hoʻopuka a hoʻomalele ʻana aku i nā huahana ʻōlelo a moʻomeheu Hawaiʻi, a me nā huahana na ke kaiaulu i mea e hoihoi ai nā haumāna a e hoʻoikaika a hoʻoulu ai hoʻi i ke ola mauli Hawaiʻi.

KAMEHAMEHA PUBLISHING – Amplifying Hawaiian Perspectives
Kamehameha Publishing supports Kamehameha Schools' mission by publishing and distributing Hawaiian language, culture, and community-based materials that engage, reinforce, and invigorate Hawaiian cultural vitality.

KAMEHAMEHA PUBLISHING
A division of Kamehameha Schools